오월의 수채화

소요유시선 02

오월의 수채화

양
재
성

soyolou

시인의 말

늘 현실로부터의 탈출을 그렸다.

아이들이 자라는 모습도 보지 못하고
새벽에 출근하여 밤늦은 시간까지
연극과 문학
그까짓 것들을 쫓아다녔다.

습작과 연습으로만 보낸 젊은 시절이 지나고
굳어버린 자세에서 마주친 현실.
그 암울함을 풀어야 할 말들.

세상 속으로도
詩 속으로도 당당히 걸어 들어가지 못하는
그래서 부끄럽고
그래서 두꺼워지는 내 얼굴을 내어놓는다.

이제,
어디로 숨어야 하나.

시대의 진실한 시인이 되고자 하는

정선호 시인, 경남작가회의 편집장

나와 양재성 시인은 '파란만장한' 80년대와 90년대를 문학청년으로 살면서 시와 삶을 나누다가 내 오랜 외국 생활로 만나지 못했다. 그러다 오랜만에 그의 첫 번째 시집을 통해 다시 만났다. 2000년 이후로 시인은 정규직 직장인에서 자영업자를 거쳐, 최근에는 사업 실패로 건설 노동자로 살고 있다. 십 년 동안 정규직으로 일한 직장에서 사 측의 '제초작업 지시서'와 같은 인사 명령으로 해직당한 후, '영세민 아파트'에서 살면서 '단단한 불꽃'같이 꿋꿋이 살아오며 마침내 첫 번째 시집을 발간하게 되었다.

시인은 그동안 '현대판 노예제도 비정규악법'과 FTA 반대 운동에도 적극 참여해 사회 변혁에도 앞장섰다. 그러나 민주화 이후 과거 노동운동 했던 다수의 사람들이 국회에 진출하고, 지역의 선출직 공무원이 되었지만, 현실은 과거와 크게 변하지 않았다는 게다.

IMF 사태 이후 기업들은 비정규직을 양산하여 해고와 계약을 그들 마음대로 실행했으며, 공장 노동자의 다수를 차지하는 중소기업의 노동자들은 대기업의 단가 후려치기, 대기업 노조의 이기주의, 세계적인 경기 침체 속에 IMF 사태 이전보다 더욱 열악하고 어려운 삶을 이어가고 있다. 촛불혁명으로 이룬 정부는 고용안정과 비정규직의 정규직 전환 등의 노동 정책을 펴고 있으나, 기득권 세력의 반발과 세계적 경기 침체로 예전보다 노동 환경이 크게 변하지 않았다. 이런 현실에서 양재성 시인은 노동과 문학적 동지였으며 십여 년 전에 죽은 육봉수 시인을 자주 떠올리며(「깔끔한 정원」), 비정규직 노동자와 '베개도 없는 잠'을 자는 노숙자의 비애를 노래했다.

그런 삶 속에서 시인은 퇴근길에 '세 겹의 삼겹살'을 사서 가족과 가난했지만 풍성한 저녁을 먹고, 중국에 '가족 나들이'를 가 한국 역사의 주체성을 확인(「그곳에 없었다」)하고 자녀들의 교육에도 많은 신경을 쓰는 이 시대의 평범한 가장이다. 때론 죽은 아버지와 '어머니의 재봉틀'을 떠올리고, 어머니의 무덤에 '성묘'를 가 '어머니를 읽'는 집안의 성실한 아들로 살고 있다.

그러나 시인의 의지와 노력과는 다르게 여전히 많은 이들은 봄이 와도 '미나리아재비'와 같이 뱃가죽과 등가죽이 가까운 빈곤한 삶을 살고, 생활고로 비관하며 자살(「아침뉴스 아침풍경」)하는 사건이 속출하는 현실이다. 시인은 이러한 현실이 청년 시절 한때 매진했던 연극이었으면 하는 생각도 해 보지만, 마지막 리허설같이 현실은 호락호락하지 않다. 하지만 시인은 언제나 '섬'이 되어 현실과 시인의 가족을 보며 '새로운 연극 무대를 그린다'. 그리고 '오르지 못할 그 무대를 그릴수록 연극 속에 살고' 싶어 하고, '나무'와 '푸른 산', 그리고 시대의 진실한 시인이 되고자 한다.

차례

1부. 키가 크면 뽑힌다

2부. 미나리아재비

3부. 푸른 山

키가 크면 뽑힌다

오른쪽이 전부는 아니다

짐이 될지라도
왼쪽이 없으면 불편타

자대 배치 다음날부터
팀스피릿 돌격대 지독히 걸은 후로
늘 시큰거리는 왼 무릎
굽히지도 오래 앉아있지도 못한다
걸음을 걸어도 늘 오른쪽에 끌려다녔다

제대하고 출근하던 날 중앙선 넘어온 트럭과
88오토바이 타고 맞짱 뜬 왼쪽 어깨는
수십 년째 아프다

증명사진 찍으면 왼쪽 어깨는 삐뚜름
걸음을 걸으면 친구들은
우쭐우쭐 춤을 춘다고 했다

아픈 다리라도 왼쪽이 필요한 이유는
그나마 있으니
그런대로 그럴듯해 보여서가 아니다

왼쪽이 아니었더라면 어디
왼쪽이 없었더라면 어디
어머니 무덤에 달구질인들 할 수 있었으랴
왼쪽에게 반거충이라 하지 마라
딴은 최선을 다하는 중이다

차멀미처럼

진주에서 고성을 지나
개량 지붕 몇 개
엎드린 곳.
그의 비틀거림이 문을 닫았다.
반질거리는 팻국에 휘청이길
몇 번.
술내음이 흔들린다.

입동이 지난 뒤
허수아비 모자 같은 바지.
너절한 구두는 사뭇
터덜거리고.
추곡수매가 알리는
구겨진 전단처럼 일그러진 얼굴은
가슴을 지나 땅을 향해 꺾인다.
툭사발 같은 손이
주름진 이마에서 구레나룻까지
쓰다듬는다.
차창 밖 볏짚단이 휘청
지나간다.

갈퀴진 눈이 일렁인다.
나의 뱃속
울렁이는 역겨움.

소천면에 가면

경북 봉화 소천에 가면
깎아 오른 산비탈 일궈 농사짓는 부부가
산다

방귀깨나 뀐다는 여대 출신 시인은
멍에 메고, 끌고
국졸 출신에 꽤 잘나갔다는 절름발이
소설쟁이 쟁기 잡고
그렇게 겁도 없이
오천 평 일궜다는데

어제 먹은 술값 한다며 오르는 길에
고양이 한 마리
쥐구멍 앞에 앉아있다

한쪽 다리 절름절름 밭떼기
울렁울렁 산그림자 걷힌다
비료 주고 고춧대 꽂아
빨간 등짝 되어 내려오는데
고양이 녀석 아직 그 자리에

산이 되어 앉아있다

절름절름 우쭐우쭐
그도 그렇게 자리에 있다
시인의 멍에가 서쪽 산에 걸린다
황토처럼 붉다

아니다 아니다

어디선가 오줌 냄새가
풍겨온다
질경이 줄기 몇 개가
낡은 모습으로 흔들린다
아무것도 챙기지 않는다
무의미하다

무의미할까?

물꼬 넘어 끌채 옆에
빈 병 두어 개 넘겨져 있다
지난여름 어느 허술한 입
속으로 킬킬거리며 들어가
시원한 오줌으로 빠졌을 것이다
마시자!
Coca Cola

오월의 수채화

오월은 각혈하는 달.

텅 빈 건물을 감싸 안은
울타리엔 주먹송이 줄장미
붉게 토사한다.

지난봄 저 정문으로
교복 입은 아이들
팔랑팔랑 나왔었다.
버스는 아직 도착하지 않았고,
쪼르르 누이들은
서산에 걸린 태양 아래
하얀 꽃절편 모양 모여 앉았다.
그들은 물빛 토끼풀을 쪼고,
회색 그림자 어두운
객토한 제방엔 네잎클로버는 없었다.

풀잎 위에 흩어진 그림자는
두려운 햇살 아래로
지탱하기 무거운 기계를 토하고,

어김없는 오월은
각혈하는 봄으로 찾아왔다.

누이들이 없는 울타리엔
주먹송이 장미가 쏟아지고,
토끼풀은 이 봄도 어김없이
솟아나고,
물빛 하늘 아래 찬란히 스며들고,

단단한 불꽃
– 고 허세욱*동지에게 드리는 글

스스로 몸에 불을 붙인다
인민대표이기를 진작 그만둔
든든한 배짱 광우병 대표들을 향하여
도시의 막장 택시기사
허세욱 동지, 횃불로 외친다

더 이상 물러설 자리가 없다
간척된 미군기지에
절망의 허연 소금 뿌리고
이제는 그 눈물 지워
한 송이 불꽃이 되려 한다

내가 죽으면
전국 미군기지에 뿌려달라는 유언
도덕의 촛불을 든다
도덕이 통하지 않는 세상 앞에서
도덕으로 불붙인 동지에게
촛농 한 잔 따르니

가난과 설움 오욕과 증오

모두 접고
민중의 별이 되어주시오
단숨에 하늘을 밝히는
단단한 불꽃으로
돌아앉은 기나긴 밤을 퍼내어 주시오

* **허세욱**(1953년 5월 9일~2007년 4월 15일) : 1991년에 택시회사인 한독운수에 입사하였다. 1994년 봉천동에 거주하고 있던 허세욱 씨는 강제철거에 맞서면서 사회운동에 눈을 뜨기 시작. 1995년에 관악주민연대 가입. 1998년 참여연대 가입. 2000년 민주노동당 입당. 2007년 민주노동당 서울시당 대의원. 민주택시연맹 한독분회 대의원. 대통령 탄핵반대 촛불집회. 미군 장갑차 여중생 사망 사건 희생자 추모집회 등에 참가하는 등 현장활동에 적극적이었다. 한미 FTA반대운동에 적극 참여하다 협상타결 직전인 2007년 4월 1일 서울 하얏트 호텔 정문 부근에서 분신. 이후 서울 한강성심병원에서 치료를 받던 중 4월 15일 숨짐. 4월 18일 장례식을 거행하여 경기도 남양주시 소재 모란공원에 안장.

깔끔한 정원

그 곳에 가봤나요
정원수 죽은나무제거 가지치기 모양내기 옮겨심기 병충
해예방 거름주기
잔디깎기 잡초제거
깔끔한 정원엔 속은 앙상하지만
겉은 푸릇푸릉한 나무 한 그루 있구요
그가 가운데 있네요

십 년도 훨씬 전
노조위원장 명함이 전부인 형이
술 취한 자기를 멀리한다며
돌아가야 할 자동차 바퀴아래 발 내려놓고
목 부은 구관조 소리 궁시렁궁시렁
내 명함 한 장 주까
대뜸 내민 명함
일꾼 육봉수*

간벌꾼 공공근로 때는 산하의 산이란 산은
모두 푸르게 하였고
하청 조경업체 시절엔 정식직원 가시는 길

아침이슬 그렁그렁한 꽃길 일구었고
평생 처음 만든 명함 속에
대표도 사장도 아닌
일꾼 육봉수

죽은나무제거, 가지치기, 모양내기, 옮겨심기
병충해예방, 거름주기
잔디깎기
잡초제거
정식직원 가시는 길에서도 쫓겨난
시인 육 씨가 할 수 있는 일이다

* **육봉수** : 1957년 경북 선상군 옥성면 초곡리에서 태어나 선산고등학교를 다녔다. 1990년
『창작과 비평』 여름호에 「파업농성」 외 4편을 발표하면서 작품 활동을 시작했다. 포항과
구미의 노동 현장에서 노조 결성과 해고, 복직투쟁을 하면서 노동운동을 이끌었다. 2002
년 시집 『근로기준법』을 출간하였다. 한국작가회의 회원, 경북작가회의 이사로 활동했고,
금오문화연구소 회원, 수요문학회 회장을 역임하였다. 2013년 5월 11일 자신이 태어난 옥
성마을 고향집에서 뇌출혈로 영면하였다.

가족 나들이

정면이지만 비켜난 곳
대구백화점 정면
입김으로 손 녹이며 종이 접는 아이들
하양 노랑 파랑 제 자리 찾으며
도롱뇽 기어갑니다

놀란 눈알로 두런거리는 가로등
백화점 안까지 술렁입니다
어느 양심 있다는 학자의 발표문과, 그곳에 앉아
동물원 원숭이 되어 지나는 행인들
눈요깃감도 되어줍니다
어느 목사님의 화엄 설법도 듣고
아이들 손 빌려 성금도 얼마쯤 넣습니다

우리 가족이 넣은 성금 얼마
도롱뇽 몇 마리
희망의 지도 몇 장
초록의 공명으로 자라 오르는 꿈이 되어봄도 잠시
아랫배에 커다란 돌멩이를 담고 계신 님
비구니 지율 스님 자궁 아래로

색색깔 도롱뇽 펑, 펑 쏟아지는

생각도 담아봅니다

* 2005년 2월 3일 우리 가족은 지율 스님 단식 100일 촛불집회를 마치고 돌아오는 길에 동
숭로 만둣집에서 맛있게 배를 채웠습니다. 백일을 기다리신 님을 생각하자마자 돌아서서
말입니다. 참, 다행으로 이날 10시 30분경에 청와대가 항복하였다는 소식을 들었습니다.

첫차

첫차를 타면
내 자리는 정해져 있다
꼭 그 자리엔
그와 그녀들
한낮 더위에 벗을 지언즉
두터운 외투
안전화
안전모
헤진 작업복이 무기처럼 들어있는
커다란 가방을
두 손으로 감싸 안고
제복의 일부처럼 눌러쓴 모자들
안전모에 눌려
찌그러질 머릴 감싸야 하는
계급 없는 모자 아래 감춰진
주름
젊은 날의 화려한 경력들
첫차
좌석마다
한 자리 하고 있다

키가 크면 뽑힌다

정확히 줄지어 선
잘 자란 잔디를 깎아주다
어째 불쑥 튀어나온
잡초를 만나면
뿌리째 뽑아버린다

방동사니
쑥
강아지풀
토끼풀
귀여운 것들

토막
내어도 뿌리내리는 민들레
아직
꽃도 피우지 못한 구절초
씀벅씀벅 씀바귀
이 미더운 것들

총무 팀의 '제초작업 지시서'에

그들을 제거하라는
단어,
그게 그들의 감추어진 뿌리를
하늘로 드러눕게 한다
두려운 햇살에 하얗게 질리도록

열을 맞추고
가지런히 예쁘게 자라지 못하는
그들이 빠져나간 빈자리
그곳에서의 웅성거림

뽑혀나간 인두자국
붉다.

새벽을 보다

성긴 아침 절반의 임금을 위해 출근한 아내를 보내고
무겁게 질주하는 사거리
껍데기 웅장한 고도성장 건물 아래서
흔들리는 꽃샘추위
아래서
새벽을 본다

슬금슬금 바퀴 굴리다 쏜살같이 날아가는
먼 길에 퀭한 눈동자를 던지는
ㅅㅋ들 또 들고나왔네
눈알 부라리는
피켓을 손에 든 원숭이가 신기한
질겅질겅 껌 씹는 사람,
사람들 사이에서 가끔, 아주 가끔
설핏,
설핏 지나는 새벽을 만난다

가벼운 목례를 하는 트럭
손 들어 보이는 택시
브레이크 밟으며 조리개 힘껏 조이는 버스기사에게

'현대판 노예제도 비정규악법 반대한다'
힘껏 들어 보여주는 새벽이
붉은 태양으로 움직인다

매일 국회를 열다

우리 집 한 켠에 마련한 어린이 쉼터에는
매일 국회가 열린다

뺑소니 교통사고 아빠와 함께 사는 민주는
항상 목소리가 크다
선생님 턱밑에서 예쁘게, 예쁘게만 만들려는
엄마만 있는 동식이는 새치름하다
가장 먼저 드나들었다는 철중이 권력 앞에서
4살 동생과 늘 함께하는 영희는 능청 9단이다

오늘 철중이 권력의 깃발이 꺾이는 일이 생겼다
어제 생인손 치료받고 간 뻘쭉이 엄마가
쿠키 한 상자를 사 왔다
이거 우리 엄마가 사 온 거야
선생님 이거 우리 엄마가 사 온 거 맞죠
선생님 이거 먹어도 돼요?
이거 우리 엄마가 사 온 거야
자, 이거 먹어
너도 받고 너도 한 개 먹어
이거 우리 엄마가 사 온 거야 한 개씩만 먹고 올려놔야

돼

   한밑천 잡은 뻘쭉이 오늘은 틀거지가 좋다

   그렇게 우리 집에는 매일 청구명도 생기고,
   회술레도 생기고,
   나름으로 한돌림 한다
   하마비 닮은 선생님 만나면 신발 벗고,
   홍살문 아니어도 열고 들어서면
   배시시 웃는 얼굴들 경건하다

* 2007년 대구시 북구 관음동에서 '화성에너지' 개업과 함께 점포가 딸린 집 한켠에 '우리
들 세상'이라는 무상 방과후 어린이집을 개원하였다. 맞벌이가 많은 대구 대표적인 빈촌
이라 학교를 마치면 집에서 혼자 지내는 아이들이 많았다.

오늘 낯선 이 되어

장거리 일당 작업 6일 마친 그가
원청 사장님 한턱에 2차 간 그곳에서 그녀를 만났다
진리와 투쟁으로 사표 쓰고 나온
남편 따라
순리대로 짧아진 치마
투정대로 짧아진 머릿결 넘기며 빙빙 도는 그녀
푸른 조명에도 입술은 더 붉다
무대만큼 바쁜 조명 숨고르기 하며
비릿한 색으로 번지자 소파에 쓰러진다
처진 가슴 당겨 올린 앞섶 벌어진 채
아직도 그 속 세상은
투쟁처럼 탱탱 젖어있을까
아랫도리 힘이 들어간다
신혼 초 우리도 나란한 수저였다
밥이 되면 반찬이 되어주고
반찬 되면 밥이 되어주는 오른손이었다
오늘 그 반대 손으로 그녀의 손을 잡는다
당신과 나 낯선 이 되어 오색 조명 아래
함께 섞인다

참 오랜만에 그녀를 보았습니다

참 오랜만에 그녀를 만났습니다
입가엔 발그레 피가 조금 묻었지만
그래도 아직 아름답습니다

오늘 그녀의 전화를 세 번 받았습니다
먼 곳이지만 큰일 땄다며, 모처럼 남편과
데이트한다며 들뜬 소리 했지요
실직하고 실패한 남편에게 가끔,
용돈도 쥐여주는 그녀는 벽지 바르는 기술자
나른한 오후에 걸려온 전화는 행복한 소리였죠
저녁에
오늘만은 실업자 아닌 동업자 신랑과
씁은 쐬주 한잔한다고

행복할 저녁에 들려온 그녀가 아닌 나른한 목소리
설마를 되뇌며 한달음에 달려보았지요
거지반 마쳤으니 토끼 같은 자식들
기다린다고, 빨리 가겠다고
내달은 경부고속도로 하행선 긴 행렬
사고 현장엔

도토리 같은 호두과자

한없이 넓은 시간으로 흩어져 있습니다

베개도 없는 잠

무이자 무이자
노래하는,
친구 친구 내 친구
손짓하는,
TV가 있는 지하철역 앞
몇 번을 접은 몸에
까만 때가
보도블록까지 기어 나와
두리번거리고
집에 둔 아이들 만나는가
퍼렇게 잠든
얼굴에 얼핏 미소도 보이고
한때
단정하였을 양복 깃 속에
귀를 묻은 그가
대출 없이도
참, 편안해 보였다

FTA의 병문안

그가 침대에 누웠다
꽃바구니 하나를 받았다
싱싱한 얼굴로
환자의 손길을 기다린다
침대는 움직일 수
없어
시계만 바라본다
꽃이 갈기를 세우고
가시를 키운다
뿌리도 없는 것들이 침대를
뚫고 들어온다
삭정이
마지막 향기가
폭발한다
잠들지도 못하는 것들이
발 달린 몸을
생포하는 데 성공했다

파리

귀를 맴도는 것이
어느새 두 마리가 되어 잉잉잉
팔에도 앉고
어깨에도 앉고
얼굴 눈 고귀한 밥을 먹는 입술에도

파리채는 보이지 않고
"김선일 씨 납치 뒤 이라크 현지표정/ 한국의 파병 강행 보
도되자 납덩이처럼 무거운 반응"*이 실린 한겨레21을 들고
휘두른다
피, 붉은 피가
"먼길, 험한 길/ 묵묵히 손잡아주는 친구가 있"*다는 포스
코 푸른 광고에 퍼진다

천장이, 벽이 숨을 쉰다
게릴라게릴라게바라
감쪽같이 숨었다 다시 나타나는 생명들
떼로 간지럽힌다

* 제515호 2004. 7. 1 한겨레21 기사 및 광고 인용

치자빛 선線

꺾어둔 포도나무 가지 사이로 흘러나온 연기가 아직 마당을 맴돌고 있다. 그린벨트도 도시계획도 모르는 金 씨는 마당가 쭈뼛 나온 잡풀 위로 내다놓은 장롱에 기대어 파란 하늘을 본다. 도시계획 금 위에 놓인 기초는 아직 벽돌을 올리지 못하고, 그 옆에 누런 요강단지를 내다놓은 노모가 다시 건넌방으로 들어간다. 한쪽 이가 상한 요강 옆으로 연기가 스치고 그가 아직 어두운 건넌방으로 향한다. 반쯤 열려있는 문 사이로 그가 이불 보따리 들고 섬돌 위에 급한 발 내디딘다. 하늘이 아뜩한 그녀가 그 자리에서 쓰러진다. 金 씨의 아낙이 연기를 걷어차며 치자 열매를 으깨어 왔다. 바람 들어 버려진 무 같은 발목에 붉게 터진 반죽과 아낙의 낡은 목수건이 감긴다. 던져진 이불 보따리 옆으로 햇빛이 혀를 대고 바늘같이 내리쬐는 놈을 피해 쪼그리고 앉은 金 씨는 속살 푸른 하늘로 긴 담배연기를 날려 보낸다.

"아빠! 여기는 내 땅이야"

작은아이와 땅따먹기 하던 큰아이가 볼멘소리 한다. 엉금엉금 비켜 앉아 네 평 남짓 남은 사랑채 바라보는 치자빛 얼굴.

치자빛 가을.

그 사이 마당엔 맏상주 큰아이의 금이 또 하나 그어진다.

눈물과 볶음

요사이 양파처럼 까지는 일이 많다.

가끔 눈물 흘리는 사치 맛보려
한 망 사다가
대야에 부어놓고
잘 까지지, 눈물 나지? 하며 깐다.

골이 없어진 양파와
까맣게, 검게 문질러
뼈도 없는 쌀 됫박 무게의 면에 비벼
후루룩 짭짭.

그렇다, 볶여진 삶
이 더운 지금에
모두 벗고
다 벗고 나면 아무것도 없는 속처럼
데굴데굴 굴러서
자글자글 볶여서

그래 볶여야 다시 태어날까?

장벽

지하철을 타 본 사람들은 안다.
두 사람이 앉으려면 먼저 온 사람이 자세를 고쳐야 한다는
것을.
안전모로 눌려진 머릿결 감추려 눌러쓴 모자가
무거워질 즈음
유난히 하얀 손 꼭 잡고 들어온 두 남녀를 본다.
자세를 고쳐 앉고 함께 앉으란 눈짓을 보낸다.
두리번거리던 그들은 굳이 좁은 사이를 비집어 마주보고
앉는다.

그때부터 시작이다.
애틋한 눈길과 부산스런 손짓
입술로 번져 나오는 미소와 우아한 사위
숨 가쁘게 바쁜 손가락과 손목에서 뿜어져 나오는 외침.
출입문이 열린다.
그들 사이에 장벽이 생긴다.

현장을 쩌렁쩌렁 울리며 서로 볼 수는 없지만 들을 수 있어
합을 맞추는 전기공들의 소리를 질러주고 싶다.
요-가

요-가야 !*

* 전기공들은 벽이나 천장 속에 감춰진 CD배관 속으로 전기선을 밀고 당길 때 어디에서 온 말 인지도 모르는 단어로 합을 맞춘다.

시집을 다리며

김종인 선생 시집이 젖었다
며칠째 쉬지 않고 비가 내렸다
고등어 등짝처럼 미끈한 전봇대에 매달린
가로등이 내려다보는 우편함 열어보니
납부 못 한 국민연금 독촉장과
다른 세입자들이 찾아가지 않은
도시가스 중단 통지서와 함께
누런 서류 봉투 속에 담겨온
'내 마음의 수평선'이 빗물에 잠겼다
팍스아메리카에 물얼룩이 졌다
다림질에 펴지는
한 장
한 장
떠오르는 몸

2부

미나리아재비

한 자리에서 밥을

아주 옛날.

기껏해야 몇십 년 전 이야기지만. 통신기지창 1종 창고에서 뚝딱 넘겨받은 쌀자루를 모진 어깨 너머로 짊어지고 잔반 흐르는 도랑을 건너뛰는 어머니와, 군복나부랑일 다리미로 펴고 잔반 흐르는 돌각 담처럼 주름 잡는 아버지 사이에 눈이 큰 계집과 주근깨에 갈비뼈 앙상한 네 사내가 있었다. 올망졸망 그들은 밥시간이면 밥상 위에 수저만 가장 큰 자리에 차리고, '접근금지 발포함' 경고문 너머 부식 따위를 담은 광주릴 기다렸다. 간혹 숟가락을 입에 물기도 하며. 아버지가 숟가락을 들고 후 — 불면, 그들은 숟갈보다 적은 밥을 입파람 불며 먹었다.

뜨거운 밥을.

해가 뒷산 밑에 있을 때 아침밥 먹고, 통신 안테나에 밥공기보다 큰 둥근 달이 걸려지면 저녁 먹었다. 후 — 후 — 식혀서 숟갈보다 더 적은 뜨거운 밥을. 빼곡한 방바닥에 무릎 세우고 문턱 옆에 쪼그리고 앉아서라도 오부자 두 모녀 모두 모여야 그들의 수저는 침 발린 입술로 가져갔었다.

아주 먼 옛일이다.

돈

암 병동 병실에 누워
며칠 밖에
사실 날이 없는 어머니께
만 원짜리 두 장
쥐어 주었다
더 꼭 쥔
손으로
눈물 흘리신다
손바닥에
잎을 달고
세월을 살아보고 싶었던
줄기의 꿈이신 것이다.

어머니의 재봉틀

나 어린 날 우리 집은
늘 머릿속에 바늘을 박는 아침이다

헤진 어둠을 걷어내고 재봉틀이 걸어간다
경건한 밥처럼 천 속에 묻은 실들 보푸라기로 돋아난 근심이
바늘 끝에 걸린다
술 취한 아버지의 코 고는 꿈자리 빵구난 번호계 계주자리
오 부자 밥그릇 자리
제대로 박음질 안 된 어머니의 근심
다다다다
기우신다

바탕도 없는 헌 옷
헤어진 곳 당겨서 쳐진 돋보기 다시 올리고
누빈 곳 또 누빈다
구멍 난 곳 넓은 껍데기 속으로
도끼 같은 아침 무엇이라도 밥상에 올리려면
바늘귀 열고 들어가야 한다

산판 일꾼들 이룬 마을 세탁소
바느질하는 일
뜯어진 자리 메우는 일

다다다
어머니의 재봉틀은
늘 작은 웅덩이들 만든다

칫솔에 곰팡이가 끼었다

곰팡이 낀 칫솔을
씻습니다.

퍼렇다 못해 날 세웠던
한 올,
한 올이 거멓게 죽어갑니다
하루 세 번 젖음으로 강인하더니
장마조차 못 견뎌
태풍에 쓰러진 논바닥입니다
곰팡이가
나이를 끌고 갑니다.

칫솔은 유랑이었습니다
분가한 자식들 하얀 이를 대하는 설렘
뿌연 흔적 남긴
전국으로 흩어진 손자들의 작은 칫솔과 부딪치는 젖음
그 종착은 항암 병실입니다
길을 마친 칫솔을 아내가 거두었습니다
노여움과 웃음을 보이던 이를 대하듯.

삼 년의 휴식을 닦습니다
지난 장마를 씻어내듯
각혈하는 빛깔이 씻겨나갑니다
긴 자루 끌고 가는 솔이 벼까라기처럼 일어납니다
밥이 됩니다
위장이 됩니다
가슴에 돋아나는 이가 됩니다.

푸른 솔이
젖은 물방울을 떨구어냅니다
하얀 이를 만나면 파르르 일어서는
즐거움으로
어머니를 따라다니던 칫솔이
아이 옆에 앉습니다.

망개 무덤

나는 늘 그 자리를 지켰다. 재수 없게 무덤가 잘 자란 잔
디와 비슷하게 펼치는 날, 그때야 망가져 흘린 핏빛일 뿐,
날 죽이려 허리 자르고 약 먹임으로 더욱 반짝반짝 윤기 내
며 도끼처럼 되어간 것이다. 삽날에 덤으로 실려 와 잡초라
는 이름으로 기어갈 줄은 몰랐다. 가시 품은 줄기에 매달려
발갛게 익은 열매, 뭿등으로 펼쳐 푸르름을 자랑할 것이다.
태양이 익어갈수록 반짝반짝 빛나게 자라 올라 꽃처럼 난만
할 것이다. 무덤이 토해놓은 설움보다 내 가시덩굴손에 찢
겨진 살이 덜 아프다면 반송된 편지가 재발송되지 않을 것
이다.

---

* 망개 : 청미레덩굴의 열매를 망개라고도 한다. 산이나 들에 흔히 자라는 덩굴성 떨기나무
로 잎은 넓은 달걀꼴이며, 줄기에는 가시와 덩굴손이 있다. 약명은 토복령으로 항암 작용
이 뛰어나며 수은 중독을 푸는 효능이 있어 갖가지 암 치료에 널리 쓰인다. 위암, 식도암,
직장암, 유선암, 자궁암 등에 두루 효험이 있다고 동의학 사전에서 전한다.

성묘

늘 그 자리에 계십니다
살아서도 찾아가면 그곳에서
엄마 냄새 가득 품고
늘상 방문 열려 있습니다
이제, 그 자리 숯골에 누웠습니다
낱알 같은 마사토* 단단히 부여잡고
어린 잔디 잘 키워
찾아간 우리 가족 앉을 자리 마련하십니다

그간 얼마나 적적하셨나요
일찍 떠난 아버지 빈자리
변두리 이층 두어 평 좁은 방에
동네 어머니들 가득합니다
꽃무늬 휘황한 고스톱판 펼치고
쑥덕쑥덕
쑥국 끓여 드시더니
햇살 많이 받은 놈들 못지않게 쑥쑥
자라는 쑥들이 많습니다

어머니,

그 쑥들 쑥쑥 뽑아 빈자리 만들어
돌과 흙의 경계에서 술잔 채웁니다
구수한 고향 막걸리 가득 채우니
시원히 드시고
이제는 그 노래 그만 부셔요
못 견디게 괴로워도 울지도 못하고**

* 화성암, 퇴적암, 변성암 등의 풍화작용에 의해 생성됨. 돌과 흙의 중간단계인 흙으로 입자
  가 굵고 세균이 거의 없다.
** 가요 '울어라 열풍아'의 가사

어머니를 읽다

선산 숯골에서 어머니를 읽는다

노랗게 늙은 땡감 헤아리느라
손짓하는 아이
아이 허리가 휜다

위장 속에 감춰진
암 덩이 헤아리던 어머니
배가 휘었지

어머니와 함께 머물렀던 날이
묏등 위로 툭,
내 눈이 휜다

휘어진 눈물
내시경 사진으로 평평해지면
한 번 접어 도시로 들어간다

습작기 아내

손님 두 명 동행한다는
전화 받고 아내는
미끈한 쌀밥에 따뜻한 국을
차려 놓았다.
산나물 반찬을 여물 씹듯
되새김질하며, 우리들은 茶山의
세계 속에서 마주 앉았다.
사고의 깊이,
인식의 전환을 야무지게 곱씹으며
술잔을 기울였다.
TV에선 오늘도
변함없는 아내의 세계가 느릿,
느릿 흐르고,
낮부터 떠 있던 달이
담벼락에 기대어 섰다.
아기집에 배부른 아내는
엉덩이로 술병을 넘기고,
세계관의 확립을 정립하던 우리들은
결론을 보류하였다.
바람이 차갑다.

茶山의 散文 서너 편을 넘기듯

드문드문한 두엄더미 곁을

천천히 걸었다.

황색 중앙선 위로 멀어지는

환한 얼굴을 향하여 손을 흔들어 보였다.

오백만 원 전세 신혼 방문을 연다.

아내의 TV 화면은 저 혼자 몇 번이고 흔들리다 리모컨

조작으로 조용히 눈 감는다.

바람이 벽을 친다.

빨래 소리가 퍼덕인다.

책을 덮는다.

아내의 낮은

코 고는 소리가 들린다.

茶山의 정립도, 세계관의 확립도

우리의 신혼생활도, 내일로 미루며 이불을 덮는다.

아내의 뜨개질

털실
한 오라기
대바늘에 감는다

눈 비비던 손으로
한 뜸
한 뜸
탱자나무 울타리 같은 여정을 간다

안뜨기
바깥 뜨기
꼬불
꼬불

두 손 들어 펼쳐 본다
마음에 들지 않는다
주르르
풀어버린다

담배 한 개비 물고

길게 뱉어 본다
올올이 엮었던 삼십 년이
뽀오얗게 흩어진다

미나리아재비

쇠뜨기 지천에 피어난
미나리아재비
저들은 속이 비었다지?

속 비워낸 아픔
사표의 오월
눈 아리게 펼쳐진 민망한 꽃밭
한 송이, 한 송이
교과서 밑줄로 태어난 꽃잎

너 아니
내 뱃가죽과 등가죽이 얼마나 가까운지?

응 그건 아빠란다

지익지익 소음만 내던 라디오가 갑자기 터져
뉴스를 알린다.
『기업 구조조정을 위하여
  분사는 반드시 필요한 것입니다.』
제 나이보다 많은 라디오 소리에
신기한 듯 귀 기울인 꼬맹이가 아빠에게
구조조정이 뭐냐고 한다.

응, 그건 아빠란다.
십 년이 넘도록 하던 일을
툭, 툭 먼지 떨어내듯 털어 버리고
낯선 나무 앞
뾰족한 풀잎 앞에 쪼그리고 앉아
키 재기에 이긴 놈 뽑아내고
진 놈 살려주는
이상한 아빠란다.

오징어 배 떠 있는 흔들리는 밤바다
숨 가쁘게 이어진 꼬리 흔드는 행렬도 내려다보이는 섬
일만 오천 광년 신비 벗겨진 오메가 센타우리 별빛처럼

흔들리는 불빛도 보이는 섬

머리 눕히면 아래도 해골, 위도 해골이 켜켜 층진 허허한
섬에서

게딱지 같은 지붕들 내려보며

새벽을 벗겨내고 싶은 섬 그 수심 깊은 아래에 누운

빨래 같은 아빠.

생활통지표를 보다

5학년 5반 양은유

교과 의견 - 국어 : 글짓기 능력과 발표력이 있으며 글을 읽고 내용을 잘 파악 함. 도덕 : 북한이 우리와 동일 민족임을 인식하고 평화통일의 좋은 점을 이해하고 있음. …… 수학 : 수학과 학습에 흥미를 가져야겠으며 기초적인 계산 능력의 향상에 많은 노력이 필요함. …… 체육 : 순발력과 지구력이 많이 향상되었으며 체육과 전 영역에 자신감을 가지고 활동함. 음악 : 메기고 받으며 노래와 장단을 살려 부르는 노래를 할 수 있음. 미술 : 미술품 수집과 정리에 적극적이며 학습 태도가 좋음.

너와 눈 맞춘 지 참 오래구나
캐럴송 걸린 가로수 사이로 붕어빵 사러 가는 길
사표 쓰기 전 다니던 피아노 학원 앞을
지나며 오랜만에 마주쳤지
엄마와 함께 가서 등록했던 왕수학학원 앞에선
되러 목을 곧추세워 멀리만 바라봤단다
영어 수학이 중요한 게 아니라고
성 풀이 하였다만
내 딸 은유야

삼겹살은 세 겹이다

밀렸던 날일 품삯 받은 날
쌈을 싼다

동그란 숯불에
동그랗지 않게 오므라든 살점
소금장 찍어 오물대는 입
많이 먹었다며
쌈만 싸주는 아내의
익은 살 속 비계 같은 얼굴
그 배꼽 아래 한 줌
더 나온
그 삼겹살도

늘 비어 있는 가슴
거기에
세 겹으로 싼다

구십만 원짜리 돼지꿈

며칠 전 꿈을 꾸었습니다.

어느 곳인지 알 수 없는 곳입니다 그곳이 중요하지는 않습니다 울타리 안으로 커다란 깻잎 두 개, 호박잎 하나, 그리고 알 수 없는 푸르고 커다란 풀잎 하나가 누워있습니다 그 잎들을 돌아가신 어머니가 밖으로 쓸어내어 살려줍니다 그리고 다음 날, 아내가 돼지꿈을 꾸었습니다 자신의 품에 조그만 아기돼지를 안고, 어미돼지와 함께 집으로 들어왔습니다. 두 꿈이 길몽이라며 로또를 사자고 합니다 '복권명당'에 가서 용지 두 장을 달라고 하니 주인은 한 묶음을 줍니다 네 가족이 한 장씩을 쥐고 나머지는 남겨두었습니다 온 가족이 옹기종기 모여 까만 희망을 그립니다 그 까만 점들만큼 동그라미로 채워진 돈이 되어주길 기대하며 말입니다 이틀이 지난날, 뜻밖의 편지 한 통 왔습니다 휴면 보험금을 타가라는 통지서입니다 어려운 살림에 조그만 빛입니다 그리고 이틀이 지났습니다 로또 추첨 방송을 보는 아이들의 눈망울이 똘방똘방 합니다 두 자리라도 맞춘 칸이 하나도 없습니다 아내가 '아이—씨'라고 합니다 그렇습니다 저도 헤아릴 수 없는 동그라미가 그려진 숫자를 며칠이라도 생각했습니다 우리 식구들의 복은 여기까지입니다 그 꿈들은 구십만 원짜리였습니다.

우리 가족은 그렇게 씩– 한번 웃고 조류독감 판을 치는
치킨을 시켜 먹었습니다.

랍스타

랍스타?
고것이 바닷가재라는 것인데…
마누라 왈
평생 고거 함 먹어봤음 좋것다는 말.
무신 말인고 하니…

며칠 전 모처럼 함께 막일 한 건 한 대금으로 한 음식점엘
갔는데… 무쟈게비싸기만하고맛은똥이더란말씀 해서요거이
얼마치고조거이얼매치고그라이얼마다고중얼거리며일어서계
산대에서계산을하는디… 고것이내계산과틀리드란말씀

오늘은가족과함께나들이갔다가 점심먹자고투덜거리는소
리에 3시가넘어서야식당을갔는데… 고것이또발동을하여 싼것
만찾아더랬지

결국 마누라쟁이 나와서 하는 말.
"그러니 애인을 만들지!!!"

5년 만에 낙지를 보다

악으로 버틴 사직서 5년 만에
대출 신청서 제출한 날
맑은 소주잔 너머
피가 하얀 낙지를 본다
잔뜩 겁먹어 뜨거운 놈
토막 난 발들이
흡반 크게 뜨고 놀라고 있다
밤에만 나와
까먹기도 힘든 조개 등짝에
붙어야 할 놈이
대낮에 끌려 나와
징얼거린다
빛 없이도 헤엄치던 다리가
먹히지 않으려고 헤엄친다
눈물도 없이

12월

납작한 한 장
나부끼지 못하고 벽에 붙은
말꼬리 달고 납작한
배꼽 등

누가 마른 성기 위에
꼭 맞춤으로 붙여 놓았을까

가볍다

늦은 아침

실패한 남편이 답답한 아내가 출근한 아침 쪼그라든 불알 깨무는 개미 어금니로 일어나 양팔 치켜든 시계 아래서 전자렌지를 돌린다 한 그릇의 밥과 한 그릇의 국이 빙글빙글 돈다 개미 한 마리 정강이를 타고 오른다 조도 낮은 핑크빛 조명 아래 아내가 돈다 땡, 처먹어라 전자렌지가 멈춘다 헐렁한 바지를 지나 배꼽으로 쑥 들어간 개미 목구멍을 지나 눈 밖으로 뛰어내린다 국물 속에 빠진다 오늘은 어디 가서 점심을 얻어먹나 궁얼궁얼 궁리하며 바라본다 개미 한 마리 개미 두 마리 개미 세 마리 개미개미개미가밥이된다국이된다

전자렌지가터진다

아버지의 기억으로

몇 달 만에 일찌거니 일어난 그가 스팀다리미를 꽂았다
머리에 가시관 수면을 떨치고 조도를 맞춘다
무릎 앞에 벼룩시장 사원모집 광고 깔고
2년 막벌이 허물벗긴 바지 출렁 흔든다
아직 어머니 살던 곳에 가면 세탁소집 막내아들인데
흔들리는 수면 하나 잠재우지 못하랴
작신작신 누르는 스팀이 나오지 않는 스팀다리미
딸아이 등교할 때 물안개로 피어난
조그만 물뿌리개가 수면에 잔잔하다
삼십 년도 더 지난 아버지의 기억으로
쓱쓱 길 열어본 바지
싱싱한 물비린내 흠씬 배어든 두 갈래 길
하나의 길은 판셈도 안 되는 허구렁
하나의 길은 이력서 제출할 손 미끈하게 다려놓은 허투루
물결구름 한 뗏장 구인광고 위에 흔들린다

잘 길들여진 사내

이 집 꼬맹이들이 돌아와 떠드는
장난감에 파묻힌 저녁
그들의 숨소리 들으며
나는 일어나지
나에겐 꿈의 재료가 듬뿍 있지
스타와
스타일과
스테미나가 있고
섹스도 두루두루 늘어놓았지
나를 닮은
그녀들을 하루도 빼먹지 않고
사바사바 희롱하는
나는 리모컨
우리 집 방구들엔
비몽비몽 꿈꾸는 사내 하나 있지
이력서도 쓰고
전화도 하고
아주 가끔, 다려 입은 옷으로 나들이도 하지만
나와 함께 지새우는 잘 길들여진 사내가
하나 있지

꿈도 끊어뿌자

석 달이 지나도 그 냄새 구수하다
노가다 새참 먹고 잠시 앉은
옆자리 참말로 생각난다

돈 없어 며칠 못 피운
담배
고마 끊어뿌자,
뿌사뿌자 참아보다 이만큼 지났다
장하다 대단하다 남들 말하지만
학원도 못 보내는 아비가
남들 구수하게
뿜어놓을 때
손가락 걸머쥐고 뒷짐이라도 져봐야지

아직 한 번도 보지 못한 이면우 시인은
꿈에 크게 취해 보았다고?
······
나는
꿈도 끊어뿌자

백수 아빠

매일 늦잠 자는 아빠
엄마가 출근한 뒤 일어나는 아빠
아빠, 편지 왔어요

　사용 목적 : 소득공제 신청서 첨부서류
　처리 기간 : 즉시
　조세특례제한법시행령 제121조의2 제5항의 규정에
　의하여 위와 같이…
빨간 대표이사 도장도 있어요

13달의 끝장, 12월의 뒤
1월과 12월
달랑 두 장 벽에 걸린 집에서
졸음의 베개 베고 눈 떠 있는 아빠
편지 왔어요.

꼬리를 잡아라

자주 지나는 길 사거리 있어
그 폭을 건넜다
소형 화물 벤 몰고 싱싱하게 넘었었다

하루는 날일 품삯에 목 담그고 서늘하게
달리는 길을 만났다
깜빡 켜진 노란불
잠시 늦춰 돌아봤다
지나온 길에는 모두가 섰는데
혼자 잘려진 길 저 토막으로 떨어졌다
아주 오랜 태양이
노란색을 띠고 깊이 숨는다

무성한 사거리는 늘
칼날을 만들고
깜빡임 아래 숨은 나는 짐짓
모른 체했다 그러나
이제는 파란 웅덩이로 들어야 한다
앞서간 이들 꼬리를 잡아야
봄날이 온다

영세민 아파트의 벽

에어컨 매달려고 못을 박는다
맞벌이 나간 집
팔순 노모 흥건한 런닝에
말라붙은 유두 같은 못대가리
깡깡 박는다

영세민 아파트의 벽은
너무 단단하다
8층에서 박는데 1층까지 울린다
아파트의 눈알이 서서히 커지는데
생채기 앙다물고
죽여 달라 외치며 꽝, 꽝 닫힌다

벽 속에 갇힌 신음
몸부림치는 내가 앓는다
눈부시게 땀방울 흐르는 밤
용도 폐기된
십팔 평 임대아파트
서늘한 바람이 되지 못하고
꽝꽝 비명이 된다

바람이 분다

허리 굽은 노모 손에서

흐느적흐느적 부채 바람이 분다

다시 박아야겠다

내가 벽이 안 되려면 돌격해야 한다.

여름 속으로

우산 속에서 배관을 조인다
땡볕 따가운 날에는 부황든 얼굴로 애태우다
기다림과 일 사이에
신나게 빗금 그으며 소나기 쏟아지는 날
하필 이런 날에 에어컨을 단다

방울 화장지로 물방울 닦고
동배관 꽉 밀어 넣는다
'아직 멀었냐'며 부채질하는 여자들
여름 속으로
헉헉 돌아다닌다

가스를 넣는다
질식하도록
콤프레샤 속에 밥이 들어있다
뜨거운 한 끼
빗살 같은 차가움 내보내고
씨앗으로 훌훌 날리는 여름 속으로
내가 들어간다

패스카드

어렵사리 장만한 화물차가 사고나 많은 돈이 들어갈 때입니다. 선배가 하는 도토리묵 공장에서 배달 일을 하라 하였습니다. 1톤 차를 몰고 시장길 다니는 일은 밤공기 밟는 만큼 어렵습니다. 선배와 같이 가면 아무런 말도 없던 사람이 저쪽 멀리 차를 세우고 도토리 무게를 나르랍니다. 회수용 빈판 셈이 틀린답니다. 평소와 달리 무단히 조금만 두고 가져가랍니다. 비집고 들어가는 시장길 느릿느릿 할머니, 세월의 무게 커다란 엉덩이가 부딪힐 것 같습니다. 소화불량으로 꿀룩거리는 위장 늘 목까지 오르는 신트림을 머리에 이고 있었습니다.

시장은 질서입니다. 앞 차가 멈춰 서서 찍- 주차브레이크 올리는 소리가 나면 끽소리도 하지 않고 기다려야 합니다. 경음기라도 누르면 촌놈 소리 듣습니다. 상점 직원과 눈을 자주 마주쳐야 합니다. 발아래 물건 내려놓고 딴 상점으로 빼돌리는 양심이 아니라고 동그랗게 바라봐야 합니다. 다시 가속 페달을 밟기 전엔 노점 할머니들 엉덩이 쭉- 내밀며 일어나기 전에 들어가선 안 됩니다. 시장은 살아있기 때문입니다. 장돌뱅이라도 좋습니다. 그들과 가족이 되어가고 있어 좋습니다. 출입구 차단기 앞에서 패스카드 척 내밀면 벌렁벌렁 가슴 척 올라가는 시장 입구입니다.

악마의 속성

저마다 억울한 사연 가득한 곳 찾아간 일 있습니다.

세 번째 출입이라 계단이 무겁습니다.

그곳에서 땅속만 들여다보는 사람을 만났습니다.

한 할머니와 시골 어디서나 만남 직한 자그만 아낙이

제 이름 불러주길 기다립니다.

검은 법복 바리케이드 친 재판정에서

두어 번 소리칩니다. 콕 꼬부라진 할머니 일어섭니다.

곧이어, 무스 바른 젊음이 붉은 혓바닥으로 A4지를 핥습니다.

횡단보도 사진에서 끌려 나온 아들이

자본의 증거에 진저리칩니다.

바싹 마른 입술 타는 소리만 그녀의 항변입니다.

한 달 후 판결 내릴 새로운 촛불 안고 진창을 나갑니다.

포박당한 약속 부여안은 그녀들이 나갑니다.

두어 편 장편소설이 끝나고 새싹 틔울 씨알 하나

가슴에 품은 나도 나갑니다.

긴 회랑이 끝나고 아득한 낭떠러지 계단.

그곳에서,

먼 하늘 핏빛 광란하는 석양 아래서, 젊은 아낙이

카스테라 봉지 뜯어 꼬부랑 할머니께 쥐여줍니다.

굴삭기 같은 한 손엔 조그만 우유도 있습니다.
함께 앉아보고 싶었습니다.
앉아 함께 어깨라도 얼싸안아보고 싶었습니다.
그러나, 나는 거침없이 내려섰습니다.
자본의 속성, 성사 가능성 0.1%짜리 견적을 위해
나는 그 자리를 황황히 내려갑니다.

담배

이었다 잘랐다
반복한 지난한 시간
잃어버리고 싶은 기억과 마주하며
서슬 퍼런 칼날로
죽이고 싶은 녀석 대신
내 속을 후벼 파는
하얀 연기

중고와 새것

고단한 바퀴를 멈추게 한다
밑천이 되고 발이 되던 화물용 버리고 새 차 산 날
중고 삶이라 중고가 어울리는 형편이지만
달거리로 부을 수 있는 방법이다 그 방편으로
또, 긴 시간을 함께 가야 한다

칠 벗겨진 것들 사이에 가만히 세운다
잘 줄지어 세워두었는데도
삐뚤어진 문짝들이 흐트러져 있다
중고차 시장이라고 반듯한 자리는 설 수 없는 나이
스무 살
이 나이로 내 삶을 싣고 다니기 힘들었나 보다

나무가 되고 싶다

발레가 하고 싶은 딸에게
오징어처럼 부드러운 댄서를 권하고
그림을 그리고 싶은 아들에게
만화를 그리게 하였다.
다 자란 딸은
엄마가 되고
다 자란 아들은
군대를 다녀왔다.
언제나 그곳에 가면 만날 수 있는
어려움을 겪는 아들에게
몇 푼 이체시켜주는
아버지가 아닌
나무가 되고 싶다.

3부

푸른 山

푸른 山

푸른
靑솔 안고
씻어도
씻어도
씻기지 않는
그런 산이 있다

겨울비
시린 끝으로
흔들어 씻어도
파란 색감은
부시게 다가오고
환한
횃불로 이어질 봄이 오듯

풍치

이제야 잔뿌리도 없는 이 뿌리 보았다 야트막이 밝아 놓고 살아온 놈들이 40 넘긴 허우대 지탱해온 줄 이제야 알았다

몇 방울 남은 온돌 따끈한 이불 밑에서 눈곱 낀 아침 맞이한 때 날일 전화만 몽상몽상 기다리던 그 날 아침 나긋한 밥알 씹는데도 용이 쓰였다

양칫물에 불그스름 핏물 비치더니 치과 의사 풍치가 찾아왔단다 너로 하여 씹을 수 있었더니 겨우 뿌리 두 개 간드러지게 박혀서 아작아작 살았구나

심은 건 지는 게 당연하지만 뽑혀 나간 자리 허전하여 혓바닥 쑥쑥 드나드는 바람이 성큼 걸어온다

가로등을 찾아서

밤은
꿈의 낙서를 지운다.
아스팔트 위에 구르는 푸른 미풍과
여린 새순의 손가락질도,
잠시 서성이던 아이의 웃음도 지운다.
때론,
달도 별도 없는 어둠으로 조금씩
조금씩 지워나간다.

밤을 사려는 사람은
허공 속에 헤매던 가로등의
춤사위도 함께 사 간다.
어둠의 입으로 꼭 다문 밤.
그의 뱃속에 가만히 엎드리면
도시의 정적 위에 깜박이는 춤사위도
함께 계산된 것임을 알 수 있으리라.
푸른 밤을 지새우며
어둠의 가운데 귀 기울인 그 목덜미를.

곡선의 등뼈를 펴고

열린 가슴으로 엎드려 보자.

어둠이 걷히고 희끄무런 회색빛

동이 틀 때면

이름 없이

꺼져갈 그와의 만남을 위하여.

낮은 자세로.

두 눈 꼭 감고.

귀신

鬼神을 만난 적이 있나요.
잘 다듬어진 詩를 읽다가
팔 없는 손이
어깨를 치는 귀신을 만난 적이 있나요

놈은 참 행복할 겝니다.
휘적휘적 내저을 詩를 만들어
추락하는
전율을 맛보구요

놈은 참 불행한 겝니다
제 자리인 양 착각하여
찰싹 달라붙은 가면 벗겨 간
놈이니까요

그곳엔 없었다

그곳에 고구려는 없었다

장군총은 거기에 있다
눈 덮인 집안輯安
숲의 아래쪽에 붙어
울고 있다
발이 까만 새들이 울고 있다
자물통 채운 우리 속
거대한 돌무덤에 와서

세 발
까막 까막 까마귀
태양이 내려가는 철망을 넘어
무심히 짖는
그렇게
부서지는 햇살

태양 속엔 아무도 살지 않았다

* 2001년 가족과 함께 옛 고구려 땅 '집안'에 다녀왔다. 그 후 2004년 중국은 '동북공정'을
  표면에 내세우기 시작하며 고구려 문화유산을 대대적으로 정비하기 시작했다.

압록강에서

丹東에서 輯安 가는 길
압록강은 그 아래서 얼어붙었다
입김도 맞닿을 듯 좁은 지류
그곳에서
긴 총 어깨에 멘 그들을 만났다
점심으로 먹은 기름 음식들
울렁이는 속이
그들의 눈 속에 들어있다
며칠째 우리말 못했던 아이
하 신기해
아저씨 그 총 진짜냐고
우리말 우리 소리로 물으니
허공을 겨누고 빵 빵
하얀 입김 뿜는 입가엔 붉은빛 돌고
던져준 디스 담뱃갑 풀어
긴 숨 몰아보는 볼이 오목하다
함께 보는 낮달도 오목하다

다시 입춘

5월
붉은 장미 각혈하는 땅

입하
뜨거운
아스팔트 위 늘어진 잎사귀

입추
사표 토하고
홀랑 벗고 나니
더 없어 시원하다

입동
일당 쪼개 소주 마신
늦은 1시
아내 없는 냉방에 얼싸안고 잠든
오누이

동지
보일러 올리면

우르릉
봄이 오는 소리

다시 입춘
따가운 햇살이 내리는 늦은 오후
두툼한 겨울 외투를 팔에 걸친 한 노숙자가 부전역 광장
으로 떨어지는 태양에 따스한 미소를 보내며 걸어간다.

그래도 흐른다

거리에 물 흐른다.
가지가지 잘려 나간 가로수
사이로 흐른다.
흐르다 역류하기도 하고,
세 급히 쫓아간다.

개울에 群像들 흐른다.
검게 퇴색한 모래 위 오염된 이끼
사이로 흐른다.
쉬엄쉬엄 쉬어도 가고,
거품을 뱉어내며 죽는다.

쌓인다.
신호등에 쌓인다.
교량 밑에 쌓인다.
그러다 넘치면 흐른다.

흐르는 물!
마시고
또,

흘린다.
그래도 굳건히 흐른다.

금붕어

동그란 어항 속
느릿느릿 헤엄친다
아내의 퇴근길 장바구니에
담긴
푸짐한 저녁 찬거리 기다리며

금빛 도금 비늘은 윤기를 잃어
몸피엔 열도 없어
맑은 수돗물은 싫증나, 동그란 물
아직 몽글몽글한 가슴

차라리 영양실조로 실신하고파
바다가 보여, 더러운 바다가
탈출하고 싶어
늘 아침이면

더럽게도 공장이 보여
그래서, 벽을 넘을래
뻐끔뻐끔 받아먹던 입 꾹 다물고
회사 잠바 폼 나게 입고

통근차 기다릴래

물이 없어도

다듬잇방망이를 보며

빨래가 희다

그 대청 햇살을 두드리던
청아한 목소리
자리 옮겨
유리관 속에서 오롯이 울고 있다

거짓말 말아라
발이 빠진다
활개 치며 드러눕는 소리
이렇게 확인할 것이다

잘록한 자루에 반짝이는 손때
이승에서 헤어진 홍두깨
풀, 풀 다듬잇살
이제 민속박물관에서나
포대기로 살아난다

달

가슴에도,
어깨에도,
턱에도, 눈에도
어김없이 발톱이 길어나
수군거리며 나눠 먹기 한다

저 달을 모두 먹고 나면

무얼 먹고살지?

무논엔 잡풀이 돋아 있다

무논엔 잡풀이 돋아 있다.
시멘트 포장도로 위로
고무바퀴 달린 소달구지가
지나간다.
소똥을 밟은 세단 승용차가
뿌얀 먼지 일으키고,
세답 못자리에서 손을 뺀
하얀 수건 쓴 할머니가
이마에 손을 얹는다.

뜨악하게 울리던 경운기 소리가
다가온다.

· · · · ·

모 찌던 노인의 손이
공단으로 향한 아스팔트 건너
소나무 둥치에 걸렸다.

봄 풍경

부러진 봄이다.
씌워진 봄이다.
흐드러지게 피어나는 봄이다.

과수원 자두나무.
가지마다 하얀 꽃 피우고.
산비탈 포도밭.
가지마다 하얀 비닐 썼다.

가로수 벚꽃나무
가지가지 잘린 온몸으로
물방울 꽃 같은 슬픈 눈짓
움 틔운다.

우라질!
피어나는 봄의 가지는
막을 수가 없다.
또, 겨울을 기다려야 하나.
두터운 외투를 다시 한번 감는다.

써레질

어제 비가 왔었다
바짝 말라 뱀처럼 기어 다니던 냇가는
꽉 찬 여유로움으로 흐른다
비 님이 내리실 땐 어떠했을까?

찌뿌듯한 하늘은 아직
물기를 머금고
질척이던 달구지 길엔
「농민을 위한 농민의 정치」
굽은 활자로 널브러져 있다
잔잔한 무논 위에 주름진 이마
반백의 앞집 아저씨
써레질한다

털 털 털 털 · · ·

황톳빛 가슴 위를 털 털 털 털 · · ·
난도질 한다
석유 없이는
못 가는 경운기에 매달려

죽어버린 겨울

너 참 곱게도 졌구나.
누렇게 동사한 풀잎 위에
號外 뿌렸구나.
어제 밤새워 흔들리고
빗방울 듣더니
푸근히도 뿌렸구나.

물방울 머금은
꽃망울
흐드러지게 펼쳐 속살까지 펄럭이더니
하—얀 꽃잎
모아 쥐고 늙었구나.
납작이 엎드렸구나.

죽어버린 겨울
비집고
파랗게 일어서는 잔디 위에
암갈색 퇴락하며
참 곱게도 졌구나.

그래 넌
木蓮이구나.

족자

미루나무 흐르는
긴 강 저편에 펼쳐진
공단을 바라보던 인의문
기둥에 니스칠 한다.
대구 비산동 비탈
아파트 공사장 아르바이트하던
두 눈
움푹한 그 대학생은
"이 기둥엔 옻칠을 해야
제멋이 나는 건데……."
혼잣소리를
추사체처럼 흘렸다.

* 인의문 : 경북 구미시 인의동 소재 인동장씨 재실의 정문

이른 봄

겨울나무 가지 끝
흐르는 물관은 배고프다

너무 고파 자지러진 가지가
흔들린다
햇살이 산자락을 갉아먹는
아득함 사이로
나무초리가 걸어간다

눈부신 눈송이 하나 기르지 못한
시린 가슴 위로
바람이 분다
비틀거리는 겨울은
아직 살아있는데

나무순 젖꼭지 빠는 소리
쏠 쏠 쏠
저 가느다란 것에 온 힘 다해
옷 입히는 소리

雨水

눈이 내렸다.
얼음 얼었다.
하얗다.
깨끗하다.
조그맣고 한가로운
동네 어귀 냇가이다.

햇빛이 따뜻하다.
눈이 녹는다.
옷 벗는다.

수체 냄새 흐른다.
검은 모래밭이다.
퇴색한 라면 봉지
허리께쯤 내밀고
코를 막는다.

憂愁다.

포도를 먹으며

촘촘 박힌 놈들의 영토
거미줄 안테나 굳게 걸어둔 놈들의 세계 속을
아이들과 부지런히 해체한다
젖은 위장 딱딱한 대장으로
쯉쯉 빨아 넣어 똥 덩어리 만든다

자근자근 씹어낸 가지 보일쯤
사이에 낀 어린놈 하나
눈의 항문으로 파고 들어간다
내가 들어간다
아이들이 들어간다
스물 거리는 피부 속에서 읽을 틈도 없이
참 아름다운 나방이 된다

편하겠구나 모두 벗어서

벌써 열흘째 옷을 벗는구나.
짓다 만 건물 철골너머 펼쳐진 가을.
을씨년스럽구나.
기다란 차량 행렬에 가려
문득 보이는 허리, 편해 보인다.
네가 그렇게 사는 사이
나는 너의 숨소리 들으며 외투 깃
세운다.
햇살 조명 아래 비친 잔광과
붉고 노란 잎의 거리는
도시계획서 금 아래
내년엔 다른 모습이겠구나.
미안하구나, 너와 달라서.
모두 벗어버린 편안한 너와 내가 달라서.
너무 쉽게 한 해를 보내는 나와 네가 달라서.
네 옆에 오래 서 있지 못해서
정말 미안하구나.

아침뉴스 아침풍경

- 전셋값 폭등
  방세 마련 비관 또, 자살 -

까치
집 짓는다
키 작은 정원수 사이에 선
은회색 거무칙칙한
철탑 꼭대기에

- 한전 까치와의 줄다리기
  정전 사고 98% 까치집이 원인 -

까치
한 마리
꼬리 방아 찧다가
나뭇가지 물고
타닥타닥 날아오른다

그들의 만남은

뒤편 조명실에서
붓을 흔든다.
객석을 그으며
긴 그림자 드리우면
어둠의 소리가 깨어지고,
빛의 그림이 던져진다.
밤이면 창 안이 잘 보이듯.

창 안에서,
스스로는 빛을 못 내는
밤을 지새운
눈빛이 흔들린다.

빛의 그늘 아래서
허물어진 모습,
그가 웃는다.
투영된 웃음.

세 번째 줄 가운데 앉은
푸른 눈동자가

스러지는 그림자를 비춘다.

그가 웃는다.

리허설 때의 웃음이 아니다.

내가 가끔 오르는 섬에는

객석에 앉아 리허설을 본다
이제는 낯익은 대사들
내일은 흐드러지게 피어 있으리
분장실 그 향기와
무대에 넝쿨지어 피어나는
땀 내음은 몰라도
관객이 보기 전엔 외로운 섬

요즈음
객석엔 나무가 없다
보지 않고 그냥 구겨 넣은 흔한
팸플릿만 뒹구는 지난겨울의 난지도

막이 올라서
땀 흘린 막이 올라서
밤새워 못질한 무대엔 풀뿌리가 있고
들녘에 쓰러진 어린 생명
아,
내가 가끔 오르는 외로운 섬에는

사랑은, 대본이 머리를 넘기고

어제는 취했나 보다.
오장육부 죄다 거꾸로 해서
울컥 토했나 보다.
아직 대사도 다 못 외웠는데
벌써 취하여 비틀거렸나 보다.
분만실엔 반달이 비치고,
아가의 울음도 반은 숨기고
외손으로 잔 들어
목구멍을 후빈다.
사랑은,
사랑은,
대본이 머리를 넘기고.
아내는 부른 배를 잡고
뛰어가는데,
붉은 숨을 몰아쉬며 뛰어가는데.
보호자 대기실에 앉아 하얀 벽에 얼굴 묻고
산부인과 남자 간호사 배역
대사를 중얼거린다.
진짜가 되었으면.
나의 의상이

진짜가 되었으면…….
머리 풀어 헤친 산발한 아내는
어둠이 다 타버린 새벽이 되어서야
작업복 입은 내 앞에 누워 있다.

새벽 네 시처럼

새벽 네 시는 맑다.
마지막 리허설을 마치고
미친 그림자 밟으며 도로를 건넌다.
아이를 본다.
슬픈 동공 속
외로움에 길들인 맑은 얼굴
손거스러미 피어오른
꼭 쥔
맑은 외로움.
희뿌연한 개구리울음에
넓지도 않은 가슴에 묻힌 그녀 뒤에서
아카시아 서걱이는
소란스러운 자장가 들으며 새근새근 머무른
맑은 얼굴.
이 밤이 지나면
뽀얀 속살 같은 아침이 오고,
신선한 나뭇잎 흔들리는 오월의 무대를
보여 주마.
새벽 네 시처럼 맑은 모습으로.

연극 속에 살고 싶은

멀찍이 서 있는 아파트를 본다.
정지된
부유물처럼 돌이 된 섬.
키 큰 섬 속에 가려 그 속에 갇힌
나를 본다.
줄어든 '급여 명세서'

돌이 된
섬.
아파트에 갇힌 융자금 상환.
조여 오는 고무줄처럼
탄력성을 갖춘 섬은
저항할 수 없는 차가운 돌이 되어
나를 끌어당긴다.

그때마다
나는
그 섬 속에 깃을 내린
나의
가족을 보며 새로운 무대를 그린다.

오르지 못할 그 무대를 그릴수록,

그럴수록

연극 속에 살고 싶은 연극인이 된다.

흩어진 시간이 보인다

흩어진 시간이 보인다.
풀어진 초침이 가슴에서부터 흘러내려
단춧구멍 사이로 흘러나간다.
캄캄한 무대 귀퉁이에서
실낱같은 모으기 연습.
대본 겉장이 헤어졌다.

시청 회랑에서
문예회관 복도에서
요원한 상가 거리에서
손 넣어 저어보면 굳어버린 벽.
돌멩이뿐인 눈.
아직 만날 수 있는 관객은 누워 있다.

흩어진 시간
이가 풀린 톱니바퀴
땡구르르 태엽이 구른다.
바람 불 때마다 가랑이 사이로
툭
툭 풀어진 연습계획

아우성 속으로 쓸어 모은다.

파란 조명이 흐른다.
모아 놓은 시간을 주워 담는다.
발자국 소리가 들려온다.

비어 있는 곳을 향한 시선

권서각 시인. 문학박사

　시인은 왜 소백산 아래 마을에 사는, 그다지 알려지지도 않은 나이 든 사람에게 시집의 발문을 부탁했을까? 만난 지는 오래전이지만 우리의 만남을 헤어보면 손가락을 꼽을 정도를 넘지 않을 것이다. 나름대로 생각해보면 그건 아마 동지라는 어휘와 무관하지 않을 것 같다. 시인은 일찍이 노동 현장에서 노동조합 활동을 했고 필자도 교직원노동조합에 이름을 걸고 있었다. 그도 시를 쓰고 있으며 필자도 시를 쓴다. 그도 서울에서 떨어진 곳에 살고 필자도 그러하다. 그러니까 겹치는 부분이 여럿이다. 더 보태자면 한국작가회의라는 소속 단체가 지향하는 취지에 공감한다는 것도 한 가지 이유이리라.

　이 땅에서 노동자라는 말은 저항이라는 말과 동의어로 사용되는 것이 우리의 현실이다. 그러니까 노동이라는 어휘조차도 바른 뜻으로 사용되지 않고 왜곡되어 사용된다는 것이 우리의 비극적 현실을 반증하는 셈이다. 유럽에서는 학교 교육과정에 노동조합 결성, 파업 등의 노동조합 활동이 들어있다. 그러나 우리는 노동조합이라는 말이 불온의 대명사로 읽히고 있다. 기득권에서는 노동이라는 말을 금기시해서 근로라고 하기도 한다. 노동은 생산의 주체이며 신성한 것이지만 우리의 현실에서는 불온의 상징으로 읽히고 있다. 로봇이 노동을 대신하게 되는 미래에는 어떻게 바뀔지 알 숭 지금까지 노동은 생산의 주체이지만 주체로서 자리매김하지 못하고 늘 자본에 종속되어 왔다. 노동자가 생산의 주체로서 제자리를 찾는 일, 우리 민족이 외세로부터 자유롭게 되는 일, 사회가 자유롭고 정의롭게 되는 일, 그런 사회를 이루려는 공통의 목표가 있다는 점에서 동지라는 어휘가 떠올랐을 것이리라.

> 스스로 몸에 불을 붙인다
> 인민대표이기를 진작 그만둔
> 든든한 배짱 광우병 대표들을 향하여
> 도시의 막장 택시기사
> 허세욱 동지, 횃불로 외친다
>
> 더 이상 물러설 자리가 없다
> 간척된 미군기지에
> 절망의 허연 소금 뿌리고
> 이제는 그 눈물 지워
> 한 송이 불꽃이 되려 한다
> ─「단단한 불꽃」

양 시인의 시는 시를 위한 시가 아니라 삶을 위한 시라고 할 수 있다. 문학적 재능으로 문명을 얻기 위해 글을 쓰는 시인과 다르다는 뜻에서 그렇다는 것이다. 노동자로 살면서 노동자의 삶을 노래하고 있다. 한미 FTA 협상에 반대하며 분신한 허세욱 열사에게 바치는 이 시는 시인의 바람과 허세욱 열사의 바람이 다르지 않음을 읽을 수 있다. 세상에는 그것이 있음을 알면서도 그것이 존재한다는 것을 믿지 않으려 하는 것이 있다. 그러나 사람들은 누군가는 그것을 지켜주었으면 한다. 가령 정의나 진실 같은 것 말이다. 어떤 이는 세상에는 목숨보다 중요한 것이 있다고 믿는다. 그것을 지키기 위해 기꺼이 스스로의 목숨을 내놓는다. 우리는 그들을 열사라 부른다. 대부분의 사람은 자신의 목숨을 다른 무엇보다 소중한 가치로 여긴다. 그러나 열사라고 불리는 사람들은 목숨보다 귀한 가치가 있다고 믿는다. 세상은 그런 열사들에 의해 망하지 않고 앞으로 나아간다.

　　　ㅅㅋ들 또 들고 나왔네
　　　눈알 부라리는
　　　피켓을 손에 든 원숭이가 신기한
　　　질겅질겅 껌 씹는 사람,
　　　사람들 사이에서 가끔, 아주 가끔
　　　설핏,
　　　설핏 지나는 새벽을 만난다

　　　가벼운 목례를 하는 트럭
　　　손을 들어 보이는 택시

브레이크 밟으며 조리개 힘껏 조우는 버스기사에게

'현대판 노예제도 비정규악법 반대한다'

힘껏 들어 보여주는 새벽이

붉은 태양으로 움직인다

　　　　　　　－「새벽을 보다」

　돌이켜 보면 우리의 현대사는 부도덕한 권력에 저항하면서 조금씩 앞으로 나아갔다..1948년 수립된 대한민국은 친일을 청산하지 못한 채 친일파가 다시 권력의 중심에 선 나라였다. 그들은 그들의 권력을 유지하기 위해 민주시민을 구금하고 고문하는 부도덕한 세력이었다. 우리 현대사는 부도덕한 권력에 대한 민주시민의 투쟁의 연속이라고 할 수 있다. 4.19가 그러하고 5.18이 그러하고 6월 항쟁이 그러하고 촛불혁명이 그러하다. 안타까운 것은 그런 투쟁이 모두 미완이라는 것이다.

　요약하면 부도덕에 대한 도덕의 저항이라 할 수 있을 것이다. 그럼에도 부도덕한 권력은 이를 우익과 좌익, 보수와 진보의 갈등으로 왜곡하여 민주시민을 불순한 좌익 세력의 프레임에 가두는 작업을 집요하게 이어오고 있다. 우리 현대사의 가장 비극적 상황인 분단을 자신의 권력을 유지하는 데 이용해 오고 있다. '새벽을 보다'는 노동운동 현장의 한 장면을 호출하고 있다. 권력의 세뇌에 포획된 사람들은 'ㅅㅋ들 또 들고나왔네'라고 비아냥거리고 껌을 씹으며 무관심하다. 그러나 이에 공감하는 '목례를 하는 사람', '손을 들어 보이는' 사람이 있기에 시인은 이 척박한 토양에도 희망의 다른 이름인 '새벽'을 보는 것이다.

정확히 줄지어 선

잘 자란 잔디를 깎아준다

어쩌 불쑥 튀어나온

잡초를 만나면

뿌리째 뽑아버린다

방동사니

쑥

강아지풀

토끼풀

귀여운 것들

토막

내어도 뿌리내리는 민들레

아직

꽃도 피우지 못한 구절초

씀벅씀벅 씀바귀

이 미더운 것들

총무 팀의 "제초 작업 지시서"에

그들을 제거하라는

단어,

그게 그들의 감추어진 뿌리를

하늘로 드러눕게 한다

두려운 햇살에 하얗게 질리도록

열을 맞추고
가지런히 예쁘게 자라지 못하는
그들이 빠져나간 빈자리
그 곳에서의 웅성거림

뽑혀나간 인두자국
붉다.

　　　　　　　　　－「키가 크면 뽑힌다」

　잔디를 가꾸자면 잡초를 제거해야 한다. 지극히 상식적인 말 같
지만 시인에게는 그게 그렇지 않다. 노동자의 입장에서, 혹은 생태
주의자의 입장에서 보면 잔디를 가꾼다는 말 자체가 성립할 수가
없다. 잔디는 농작물이 아닐 뿐만 아니라, 잔디를 가꾸는 일은 스스
로 그러하다는 자연의 질서를 오히려 훼손하는 일이다. 인간중심의
사고에서 눈맛을 좋게 하기 위한 사치가 잔디 가꾸기라고 할 수도
있다.
　시인이 주목하고 있는 것은 우리 사회에 남아 있는 제국주의, 혹
은 전체주의에 대한 생각이다. 해방은 되었지만 대한민국의 모든 제
도 속에는 제국주의의 요소가 깊이 뿌리내리고 있다. 친일 인사들
이 정치와 교육의 틀을 짰고 우리는 그들이 만든 틀에서 자랐기 때
문이다. 학교의 운동장과 교단, 차려! 경례! 국기에 대한 맹세, 이런
것들이 군국주의, 전체주의의 일제 잔재라는 것을 아는 이들도 그

리 많지 않을 것이다. 지금도 우리나라 학교의 모습은 군대의 모습과 다르지 않다.

전체주의는 창의적 사고, 주체적 사고를 억압한다. 모두 '예스'라고 하는 사회는 침체할 수밖에 없다. '노'라고 말하는 이가 있어야 희망이 있다. 남과 경쟁에서 뒤떨어지지 않아야 살아남는 사회, 남보다 다르지 않아야 살아남는 사회가 우리 사회의 초상이다. 모두 잔디인데 잔디가 아니면 아무리 훌륭한 자질을 가진 식물이라 하더라도 살아남지 못한다. 우리가 사는 사회도 이와 다르지 않다는 것을 시인은 아프게 확인하고 있다. 모두 잔디 가꾸는 일을 당연하다고 여길 때 그렇지 않음을 발견하는 자가 시인이다. 그래서 시인을 깨어있는 자라고 하고, 이 땅에 시인이 존재해야 하는 이유가 여기 있다.

짐이 될지라도
왼쪽이 없으면 불편타

〈중략〉

아픈 다리라도 왼쪽이 필요한 이유는
그나마 있으니
그런대로 그럴듯해 보여서가 아니다
왼쪽이 아니었더라면 어디
왼쪽이 없었더라면 어디
어머니 무덤에 달구질인들 할 수 있었으랴

왼쪽에게 반거충이라 하지 마라

딴은 최선을 다하는 중이다

　　　　　　　－「오른쪽이 전부는 아니다」

　앞에서 언급한 바와 같이 대한민국 정부수립 이후의 우리 현대사는 부도덕한 세력이 주류를 형성하여 전개되었다. 그들의 기득권을 지키기 위한 기제는 반공이라는 아이콘이다. 권력에 반하는 모든 세력을 좌익이라는 이름으로 매도하는 것이 그들이 민주시민을 억압하는 수단이었다. 아무리 올바른 목소리를 내도 좌익이라는 딱지를 붙이면 쉽게 무력화시킬 수 있었기 때문이다. 분단의 비극을 기득권 지키기에 활용한 것이다.

　위의 시에서의 왼쪽은 좌익을 뜻한다. 좌익은 우리 사회의 금기어다. 이른바 유럽의 선진국이라고 하는 나라들은 사회당, 노동당 등의 사회주의 계열의 정당이 있고 그들이 만든 정치제도에 의해 모두가 부러워하는 복지국가를 이룰 수 있음에도 사회에서는 좌라는 말조차 꺼내기 어려운 것이 우리의 현실이다. 자본주의, 시장경제 체제가 절대 가치가 아님에도 우리는 왼쪽이라는 말을 자유롭게 할 수 없는 사회에 살고 있다. 우리 헌법에는 사상의 자유라는 것이 보장되어 있음에도 불구하고 현실에는 사상의 자유가 보장되지 않는 것이 현실이다. 시인은 그런 기형적인 우리 현실을 아프게 확인하고 있다. 진정한 민주주의 사회라면 좌라고도 말할 수 있어야 하기 때문이다.

　　　무이자 무이자

노래하는,

친구 친구 내 친구

손짓하는,

TV가 있는 지하철역 앞

몇 번을 접은 몸에

까만 때가

보도블록까지 기어 나와

두리번거리고

집에 둔 아이들 만나는가

퍼렇게 잠든

얼굴에 얼핏 미소도 보이고

한때

단정하였을 양복 깃 속에

귀를 묻은 그가

대출 없이도

참, 편안해 보였다

ㅡ「베개도 없는 잠」

우리 사회의 주류인 기득권층이 지키고자 하는 것은 신자유주의, 시장경제 등이다. 가진 자가 더 많이 가질 수 있는, 노동의 가치보다 자본이 생산의 주체가 되는 제도다. 가진 자는 더 많이 가지게 되고 노동자는 노동의 가치를 보장받지 못하게 된다. 그 결과 경제적 양극화는 더 심화할 수밖에 없다.

시인의 눈길은 양극화로 말미암아 사회에서 밀려난 노숙자의 모습에 닿아 있다. 가진 자들은 무능한 사람이라고 여기겠지만 시인은 따뜻한 시선으로, 혹은 나와 다르지 않다는 시선으로 보고 있다. '단정하였을 양복'이 그 단서다. TV가 무이자를 외치는 앞부분은 천박한 자본주의를 전제하고 있다. 결코 자기 잘못이 아님에도 양극화의 끝으로 밀려난 노숙자의 모습에 시인은 무심할 수가 없다. 권력은 노동운동을 하는 사람을 귀족노조라고 하고, 자기의 이득을 위해 목소리를 낸다고 매도하지만, 결코 그렇지 않다. 나만을 위한 운동을 하는 것이 아니라 모두가 함께 사람다운 삶을 누리는 세상이 되기를 꿈꾼다. 그래서 노숙인을 바라보는 눈길이 결코 무심할 수가 없다.

> 우리 가족이 넣은 성금 얼마
>
> 도롱뇽 몇 마리
>
> 희망의 지도 몇 장
>
> 초록의 공명으로 자라 오르는 꿈이 되어봄도 잠시
>
> 아랫배에 커다란 돌멩이를 달고 계신 님
>
> 비구니 지율 스님 자궁 아래로
>
> 색색깔 도롱뇽 펑, 펑 쏟아지는
>
> 생각도 담아봅니다
>
>   -「가족 나들이」

천성산 도롱뇽을 살리기 위해 단식에 하시는 지율 스님을 가족과 함께 방문한 일이 시의 소재가 되고 있다. 생물종이 다양하게 살아 있는 곳에 사람이 살 수 있고, 생물종이 살 수 없는 곳에는 사람도 살 수 없다. 사람이 살기 위해서는 도롱뇽도 살아야 한다. 그 일을 위해 스님은 단식 하시는 거다. 그곳을 시인은 가족과 함께 방문해서 성금을 내고 응원을 하면서 도롱뇽이 살아나기를 꿈꾼다. 그것도 시인 혼자만이 아니라 가족과 함께 그런 꿈을 꾸고 싶은 것이다. 더불어 살아가는 세상에서 가장 기본적 단위가 가족이기 때문이리라. 양 시인의 시에는 늘 가족이 등장한다. 노동운동을 하고 환경운동을 하고 민주화 운동을 하는 궁극의 목표는 가족관계의 복원이다. 주류 권력이 추구하는 것은 기득권의 가족관계를 지키는 데 있지 결코 노동자의 가족관계를 지키려는데 있지 않다. 기득권이 그들의 이익만을 추구할 때 노동자의 가족은 해체되고 만다. 잘 산다는 것, 사람답게 산다는 것은 건강한 가족관계가 형성되어 단란함을 누리는 것이다. 가진 자들의 끝 모를 욕망이 멈추지 않으면 노동자의 가족관계도 해체될 수밖에 없음을 우리는 지난 세월을 겪으면서 보아왔다.

암 병동 병실에 누워

며칠 밖에

사실 날이 없는 어머니께

만 원짜리 두 장

쥐여 주었다

더 꼭 쥔

손으로

눈물 흘리신다

손바닥에

잎을 달고

세월을 살아보고 싶었던

줄기의 꿈이신 것이다.

– 「돈」

시인의 시에 어머니가 호출되었다. 우리 전통사회에서 어머니라는 존재는 특별한 의미를 지닌다. 아버지는 밖에서 일하시고 어머니가 집에서 자녀를 안고 업고 키우셨기 때문일 것이다. 서양 어머니들이 아이를 유모차에 태워 거리를 두고 키우는 데 비해 우리의 어머니들은 안으며 업으며 피부를 맞대고 키우신다. 그러므로 한국 사람은 길을 가다가 무심히 어머니라는 이름만 불러도 눈물을 흘리는 사람들이다. 우리 어머니들은 자신을 희생하면서 자식을 키우셨기에 그것을 아는 우리의 아들과 딸들에게 어머니라는 존재는 특별할 수밖에 없다.

시인이 호출한 어머니는 암 병동에 누워계신다. 아무것도 할 수 없는 시의 화자는 어머니께 나뭇잎 같은 지폐를 쥐여준다. 여기에서 지폐는 금액이 아니라 가난하게 살아오신 어머니에 대한 자식으로서의 마음이다. 아무리 열심히 일해도 쉬이 손에 잡히지 않는 어머니의 꿈을 생의 끝자락에서나마 잡게 해드리고 싶은 자식의 절실한 마음이다.

털실

한 오라기

대바늘에 감는다

눈 비비던 손으로
한 뜸
한 뜸
탱자나무 울타리 같은·여정을 간다

안뜨기
바깥 뜨기
꼬불
꼬불

두 손 들어 펼쳐 본다
마음에 들지 않는다
주르르
풀어버린다

담배 한 개비 물고
길게 뱉어 본다
올올이 엮었던 삼십 년이
뽀오얗게 흩어진다

         - 「아내의 뜨개질」

    시인은 다시 아내를 호출한다. 뜨개질을 하는 아내를 바라보는
화자의 시선이 정겹다. 뜨개질의 과정은 매우 꼼꼼하게 묘사하고 있
다. 동양학적인 관점에서 여성은 남성보다 가정의 중심에 자리한

다. 여자라는 글자 女는 여자의 출산하는 모습을 상형화한 것이라
한다. 생산의 주체가 여성이다. 여는 남男보다 먼저 만들어진 글자
다. 남은 밭田에서 일하는力 사람을 가리키는 회의문자다. 상형문자
가 회의문자보다 먼저 만들어졌으니 고대사회는 여성 중심 사회였
다는 것을 말해준다.

모든 동물의 성 결정권이 암컷에게 있듯이 사람도 다르지 않다.
가정에서의 중심이 여성에게 주어져 있다. 위 시의 화자는 여성을
일하는 존재로서가 아니라 가족의 중심인물로 보고 그녀의 뜨개질
은 가정을 구성하고 이루는 과정을 상징한다. 마음에 들지 않아 다
시 뜨개질한 것을 풀어버리는 행위는 보다 바람직한 가족관계의 복
원을 위함이리라.

매일 늦잠 자는 아빠

엄마가 출근 한 뒤 일어나는 아빠

아빠, 편지 왔어요

사용 목적 : 소득공제 신청서 첨부서류

처리 기간 : 즉시

조세특례제한법시행령 제121조의2 제5항의 규정에

의하여 위와 같이…

빨간 대표이사 도장도 있어요

13달의 끝장, 12월의 뒤

1월과 12월

달랑 두 장 벽에 걸린 집에서

졸음의 베개 베고 눈 떠있는 아빠

편지 왔어요

－「백수 아빠」

　우리 사회에서 기업가들은 사원을 가족이라 부른다. 한솥밥을
먹는다고도 한다. 그러나 그들이 필요할 때만 그렇게 부르지 늘 그
런 것은 아니다. 경영이 어렵거나 사주의 마음에 들지 않으면 언제
든지 해고한다. 그들이 말하는 가족은 이율배반적이다. 해고는 곧
가정의 파괴를 뜻하기 때문이다. 어느 가정에서도 가족 구성원을 해
고하는 일은 없다.

　위 시의 화자는 해고 상태다. 그래서 출근하지 못하고 집에서 아
이와 함께 지내고 있다. 동심만으로 사는 아이는 우편함의 모든 우
편물을 편지라고 여긴다. 편지에는 늘 반가운 소식이 있게 마련이
다. 그런데 시의 화자가 받아든 것은 고지서다. 해고 상태에서 받아
든 소득공제신청서는 소득이 없는 사람에게는 비정하기 그지없는
서류다. 반가운 편지와 비정한 서류가 빚어내는 대조는 우리의 노
동 현실에 대한 시니컬한 풍자다.

그곳엔 고구려는 없었다

장군총은 거기에 있다

눈 덮인 집안輯安

숲의 아래쪽에 붙어

울고 있다

발이 까만 새들이 울고 있다

자물통 채운 우리 속

거대한 돌무덤에 와서

세 발

까막 까막 까마귀

태양이 내려가는 철망을 넘어

무심히 짖는

그렇게

부서지는 햇살

태양 속엔 아무도 살지 않았다

　　　　　　　　　　　　－「그곳엔 없었다」

　　중국 여행의 체험이 시의 재료가 되었다. 시인의 시선이 노동, 가정 사회에서 역사로 확대되고 있다. 옛 고구려의 도읍지 집안을 방문하고 중국의 동북공정에 의해 고려 역사가 중국의 역사로 바뀌어버린 현실을 비통해하고 있다. 어떤 사실에 대한 깊이 있는 인식은 눈앞의 현실만으로는 부족하다. 역사적 인식이 함께해야만 문학이 추구하는 전면진실에 근접할 수 있다. 광활한 만주벌판은 우리 민족의 생활의 터전이었지만 지금은 국제법상 남의 영토가 되고 말았다. 그 만주 벌판에 찬란했던 우리의 민족혼이 새장에 갇힌 삼족오가 되어 울고 있다.

문학은 현실과 유리되어 존재할 수 없다. 연鳶이 지상과 연결되어 있지 않으면 추락하듯이 문학도 현실에 발붙이지 않으면 공허한 언어에 지나지 않을 것이다. 양 시인의 시는 철저히 현실에서 태어난 것이다. 시인이 처한 현실은 우리 민족의 비극적 현대사와 무관하지 않다. 부도덕한 권력이 주류가 되어 전개된 우리의 현대사는 많은 부문에서 왜곡된 것으로 가득하다. 이 왜곡된 현실을 극복하고자 하는 지점에서 양 시인의 시는 출발하고 있다.

　시인의 시적 출발은 우리 사회의 현실에서 마땅히 있어야 할 것이 결핍된 데 대한 안타까움에서 비롯되었다. 가령, 노동운동, 환경운동, 민주화 운동, 통일운동 등에서 공통점을 찾는다면 그것은 마땅히 우리 민족이, 우리 사회가 누려야 할 것이 결핍된 데서 비롯된 것들이다. 이들은 모두 다 개별적인 과제들이 아니라 유기적으로 연결되어 있다.

　노동자가 노동자로서의 지위를 찾는 일, 사회의 기본단위인 가족이 단란한 가정으로 복원되는 일, 우리의 삶의 터전이 생태적이고 친환경적으로 이루어지는 일, 우리 사회가 정의롭고 자유로운 사회가 되는 일, 한반도에 평화가 정착되는 일 등은 모두 개별적이지 않고 유기적이다. 필자가 양 시인에게서 동지라는 어휘를 떠올린 것도 우리의 시선이 같은 곳을 바라보고 있기 때문이다.

소요유시선 02

오월의 수채화

1판 1쇄 2020년 5월 8일 펴냄

지은이 | 양재성
펴낸이 | 박윤희
펴낸곳 | 도서출판 소요-You
디자인 | 윤경디자인 070-7716-9249
등록 | 2013년 11월 12일(제2013-000009호)
주소 | 부산시 중구 복병산길7번길 6-22
전화 | 070-7716-9249
팩스 | 0505-115-3044
전자우편 | pyh5619@naver.com

ⓒ 2020, 소요-You
ISBN 979-11-88886-11-1

이 도서의 국립중앙도서관 출판예정도서목록(CIP)은 서지정보유통지원시스템 홈페이지
(http://seoji.nl.go.kr)와 국가자료종합목록 구축시스템(http://kolis-net.nl.go.kr)에서
이용하실 수 있습니다.(CIP제어번호 : CIP2020016828)